Succession de M. Alexandre K***

TABLEAUX ANCIENS

ET MODERNES

DONT LA VENTE AURA LIEU

HOTEL DROUOT — SALLE N° 1

Les Lundi 15 et Mardi 16 Mars 1897

A DEUX HEURES

EXPOSITION PUBLIQUE

SALLE N° 1

Le Dimanche 14 Mars 1897

DE DEUX HEURES A SIX HEURES

COMMISSAIRE-PRISEUR	EXPERTS
Mᵉ Léonce PECQUET	**MM. FÉRAL**, Père et Fils
Rue Choron, 10	Faubourg Montmartre, 54

PARIS — 1897

IMPRIMERIE MAULDE et RENOU

MAULDE, DOUMENC & Cie

IMPRIMEURS DE LA COMPAGNIE DES COMMISSAIRES-PRISEURS

Rue de Rivoli, 144. — Paris

CATALOGUE

DE

TABLEAUX ANCIENS

Par ou Attribués à

ASSELYN, BACKHUYSEN, BERCHEM, BOTH, BOTTICELLI, CUYP
DE MARNE, DESPORTES, VAN DYCK, FRANCK
VAN GOYEN, GREUZE, DE HEEM, HOBBÉMA, HOLBEIN, VAN HUYSUM
KAREL DU JARDIN, KOBELL, MOLENAER, MOREAU
MURILLO, VAN DER NEER, VAN OSTADE
RUYSDAEL, SNYDERS, J. STEEN, TERBURG, TENIERS, VELASQUEZ
VAN DE VELDE, WOUWERMAN, ETC., ETC.

TABLEAUX MODERNES

Par ou Attribués à

BONNINGTON, BRASCASSAT, CALAME, GÉRICAULT, GUDIN, LAMBINET
MARILHAT, SCHEFFER, ETC.

Dont la Vente aura lieu après le décès de M. Alexandre K***

HOTEL DROUOT — SALLE N° 1

Les Lundi 15 et Mardi 16 Mars 1897

A DEUX HEURES

COMMISSAIRE-PRISEUR	EXPERTS
Mᵉ Léonce PECQUET	**MM. FÉRAL**, Père et Fils
Rue Choron, 10	Faubourg Montmartre, 54

EXPOSITION PUBLIQUE

SALLE N° I

Le Dimanche 14 Mars 1897, de 2 heures à 6 heures

PARIS — 1897

CONDITIONS DE LA VENTE

Elle sera faite au comptant.

Les Acquéreurs paieront CINQ POUR CENT en sus des enchères.

MAULDE, DOUMENC et Cie, imprimeurs de la Cie des Commissaires-Priseurs,
rue de Rivoli, 144.   1,000—64210

Désignation

TABLEAUX ANCIENS

ANGELI (Giuseppe)

1 — L'Enfant au canard.

Jeune garçon blond, vu de face, à mi-corps et portant un canard.

Toile : H. 0m75. L. 0m63.

ANTONISSEN (Attribué à J.)

2 — Paysage et Animaux.

Nous croyons devoir reproduire l'article d'un catalogue, collé au revers du panneau :

« Ce tableau, animé d'un grand nombre de figures et d'animaux, est aussi intéressant par la richesse de la composition que par le fini et l'éclat de la couleur. Il est considéré à juste titre comme une des œuvres les plus remarquables du maître. Jamais Paul Potter lui-même n'a rendu la nature avec un soin plus minutieux et une plus grande vérité. Il a fait partie autrefois de la célèbre collection Duval, de Genève. Il est signé et daté 1782. »

Bois : H. 0m47. L. 0m72.

ASSELYN (JAN)

3 — Le Chevrier.

Dans un site montagneux, un chevrier est arrêté au pied des ruines d'un aqueduc et cause avec une femme qui lave du linge. Au premier plan, trois chèvres et trois brebis, contre un buisson de chardons.

BACKHUYSEN (LUDOLF)

4 — Le Coup de canon.

En vue du port, un vaisseau à poupe richement ornée et armoriée signale son arrivée par les salves d'usage. A gauche, divers personnages arrivent dans un canot. Plus loin, quelques embarcations profilent leurs mâtures sur un ciel chargé de nuages.

Bois, forme ovale : H. 0m92. L. 0m82.

BERCHEM (Attribué à N.)

5 — Paysage avec figures et animaux.

Une paysanne, montée sur une mule et causant avec une autre femme qui tient une quenouille, indique la source sur laquelle elle dirige ses animaux, deux vaches, un âne blanc et quelques moutons. A gauche, un pâtre accoudé sur le dos d'une vache.

Toile : H. 0m63. L. 0m66.

BERCHEM (École de N.)

6 — Le Passage du gué.

Un troupeau composé de moutons, d'une vache et d'une chèvre, sous la conduite de plusieurs pâtres, traverse une rivière qui coule au bas d'une éminence boisée.

Toile : H. 0^{m}75. L. 0^{m}90.

BERRÉ (J.)

7 — Pâturage.

Un taureau debout, deux vaches couchées et deux moutons dans un pré baigné par un canal : un petit garçon pêche à la ligne.

Signé et daté 1836.

Petit tableau d'une exécution fine et soignée.

Bois : H. 0^{m}27. L. 0^{m}31.

BIDAULT (Joseph)

8 — Le Taureau furieux.

Au bord de la mer, sur une montagne se dresse un château-fort. En premier plan, sur la route, un bouvier à cheval poursuit un taureau qui s'est échappé d'un troupeau. Les figures et les animaux qui animent ce paysage sont attribués à Horace Vernet dont on voit à droite, sur un rocher, les initiales accompagnées du millésime 1832.

Toile : H. 0^{m}50. L. 0^{m}76.

BLŒMEN (D'après PIETER VAN)

9 — Marché aux chevaux, à Rome.

BOTH (Genre de J.)

10 — Paysage et Animaux.

Au soleil couchant, dans un paysage montagneux, une villageoise, montée sur une mule et
conduisant un troupeau de moutons, s'est arrêtée
auprès de deux paysans, au bord d'une rivière.

Toile : H. 0m94. L. 1m30.

BOTH (Genre de)

11 — Paysage.

Au pied d'un monticule planté de bouleaux,
sur un chemin qui longe un torrent, sont arrêtés
un cavalier qui semble demander son chemin à
un paysan vêtu de rouge et un muletier qui donne
de l'avoine dans la musette à sa bête chargée de
ballots.

Toile : H. 0m80. L. 0m98.

BOTTICELLI (École de SANDRO)

12 - La Nativité.

La Vierge, tournée de profil, une voilette de
gaze passée sur ses cheveux blonds, drapée dans
un ample manteau gris doublé de jaune, est en
adoration devant l'Enfant Jésus, couché sur une
carpette jaune à raies de couleur. Le petit saint

Jean, enveloppé d'une draperie rouge, les mains entrecroisées et tenant une croix, est aussi en prières. Fonds de paysage. Intéressante peinture de l'Ecole florentine à l'époque de la Renaissance.

Panneau de forme ronde : Diam. 0m80.

CAPPELLE (Jan de)

13 — Marine.

Plusieurs bateaux de pêche, un canot, un bac, un trois-mâts, sont amarrés à une courte distance de la plage. Mer au calme plat, ciel grisâtre où tournoient de gros nuages faiblement éclairés.

Toile : H. 0m46. L. 0m60.

CORRÈGE (D'après A. Allegri, dit Le)

14 — Le Sommeil d'Antiope.

Belle copie d'après le tableau du Musée du Louvre.

CUYP (Attribué à A.)

15 — Portrait d'une jeune Dame hollandaise.

De trois quarts à gauche, en buste ; cheveux blonds ondulés descendant sur les épaules ; bonnet et guimpe de linon garnis de guipure ; robe noire ornée de passements d'argent. Portrait d'une puissante coloration ; les détails du costume sont d'une surprenante habileté d'exécution.

Bois : H. 0m70. L. 0m54.

CUYP (Attribué à A.)

16 — La Petite Fermière.

Devant la porte de l'étable, une jeune fille trait une brebis; quatre autres brebis sont debout ou couchées.

Bois : H. 0m47. L. 0m6o.

CUYP (Attribué à A.)

17 — Fruits.

Des pêches, des grappes de raisin, des noix, des noisettes, sur une table.

Toile : H. 0m56. L. 0m46.

CUYP (Attribué à A.)

18 — La Bergère.

Elle est accroupie auprès de ses moutons, à l'entrée d'une cour de ferme enclose de planches et entourée d'arbres. A gauche, une vache rousse couchée sur le gazon.

Bois : H. 0m48. L. 0m64.

CUYP (Attribué à A.)

19 — Paysage et Animaux.

Sur un tertre gazonneux, un berger s'est endormi auprès d'une femme assise qui tient un feuillet de papier, surveillant à sa place le petit troupeau de moutons. Dans le fond, des montagnes se dessinent sur un ciel nuageux vivement ensoleillé.

Bois : H. o^m35. L. o^m45.

CUYP (Manière de A.)

20 — Animaux.

Une vache debout et trois vaches couchées auprès d'une haie que domine un vieux saule.

Toile : H. o^m6o. L. o^m75.

CUYP (Genre de A.)

21 — L'Écurie.

Un cheval blanc et deux chevaux alezans, dont l'un est couché; au fond, des vaches.

Toile : H. o^m65. L. o^m8o.

DAEL (Attribué à Van)

22 — Fruits.

Des pêches, des prunes, des raisins blancs et noirs, une grenade ouverte, un melon sont groupés sur une console de marbre.

Toile : H. o^m54. L. o^m45.

DEFRANCE, de Liège

23 — Le Militaire en permission.

Il est venu visiter sa famille qui se presse autour de lui et, placé sous un rayon de soleil au milieu de la chambre, il exhibe à l'admiration de ses

parents et amis son bel uniforme blanc à pare-
ments bleus, son sabre doré et son bicorne orné
d'un gros nœud.

Signé à droite.

Bois : H. 0^m42. L. 0^m58.

DE MARNE

24 — L'Abreuvoir.

Un berger et une femme tenant une quenouille
sont assis au pied d'un chêne planté au bord
d'une rivière où viennent s'abreuver des vaches
et des moutons.

Bois : H. 0^m32. L. 0^m40.

DE MARNE (Attribué à)

25 — Une Foire des Environs de Paris.

Composition comprenant une infinité de figures
et d'animaux. Au centre des bestiaux s'entassent
sous un grand chêne ; à gauche des militaires sont
attablés sous la tente d'un cabaretier ; à droite un
marchand d'ustensiles de cuisine ; un berger avec ses
moutons ; un veau lié sur le dos d'un âne, etc., etc.
Au second plan, des tentes sous une allée d'arbres
qui conduit à l'église, un carrosse, des bateleurs.

Toile : H. 0^m56. L. 0^m87.

DESPORTES

26 — Fleurs et Fruits.

Sur une table de pierre, contre une draperie
rose, sont posés des oiseaux morts aux plumages

éclatants, une corbeille de prunes et de raisins et
une jardinière remplie de roses trémières, de
capucines et volubilis.

Bois : H. 0m58. L. 0m73.

DURER (École de A.)

27 — Le Christ déposé de la Croix.

Nicodème d'Arimathie soutient sous les bras
le corps inanimé du Sauveur : à gauche, la Vierge
en prières et saint Jean-Baptiste ; derrière eux, un
saint personnage coiffé d'un turban.

Bois : H. 1m05. L. 0m70.

DYCK (Attribué à Antoine Van)

28 — Portrait d'Homme.

De trois quarts, à mi-corps, grandeur nature,
fines moustaches brunes, costume de soie noire
avec rabat blanc ; la main droite à hauteur de la
taille retient les plis d'un manteau. Dans le fond,
un rideau rouge.

Toile : H. 0m85. L. 0m68.

EVERDINGEN (Manière de)

29 — Le Moulin.

Au milieu d'une forêt, au bord d'un torrent se
dressent les diverses constructions d'un moulin
en planches et en maçonnerie.

Toile : H. 0m80. L. 1m12.

EVERDINGEN (Manière de)

3o — Le Pont rustique.

Dans un site accidenté et boisé, une passerelle de bois traverse un torrent qui forme cascade au premier plan.

Bois : H. 0^{m}55. L. 0^{m}78.

FRANCK (François)

3i — La Mort de la Vierge.

Les Apôtres entourent le lit où expire la Vierge, saint Jean lui met un cierge dans la main ; un évêque lui donne la bénédiction.

Cuivre : H. 0^{m}5i. L. 0^{m}40.

FRANCK (François)

32 — Réjouissances publiques.

La foule se porte sur la grande place d'une ville des Flandres et dans les rues adjacentes. En premier plan, des compagnies de musiciens, des dames et des seigneurs, des gamins affublés d'armures, plus loin un cortège carnavalesque, des cavaliers précédés de hérauts d'armes, etc.

Bois : H. 0^{m}5(). L. 0^{m}74.

GAEL (Barend)

33 — Les Cavaliers.

Ils débouchent d'un bois et l'un d'eux vient de descendre de sa monture. A droite, sur un chemin

qui passe devant un village sont arrêtés deux
jeunes garçons et une villageoise.

Bois : H. 0^m45. L. 0^m62.

GOYEN (Jan Van)

34 — Les Bûcherons.

En premier plan, des groupes de paysans et de
bûcherons qui fendent du bois. Un peu plus loin
des cabanes entre les arbres. Vers la droite, un
canal avec barque. Tableau de la première manière du maitre.

Signé et daté 1625.

Bois : H. 0^m28. L. 0^m43.

GOYEN (Genre de Van)

35 — Paysage de Hollande.

Nombreuses embarcations sur un canal. A
droite, un moulin s'élève sur un vieux bastion
démantelé.

Toile : H. 0^m58. L. 0^m78.

GREUZE (Attribué à J.-B.)

36 — L'Aveugle trompé.

Une jeune fille, la main droite appuyée sur
l'épaule de son galant qui remonte avec précau-
tion de la cave, un broc à la main, semble chu-
chotter à son oreille. En même temps, elle pose
sa main gauche sur les genoux de son père aveugle, assis près d'elle, comme pour détourner les
soupçons que le vieillard a pu concevoir.

Composition gravée.

Toile : H. 0^m52. L. 0^m44.

HEEM (David de)

37 — Nature morte.

Des figues, des cerises et un melon ouvert, un plat d'étain, des pêches, des grappes de raisin, un verre à vin élevé sur un pied en vermeil, sont groupés sur une table en partie recouverte d'un tapis de soie bleue à franges d'or.

Toile : H. 0m55. L. 0m70.

HEEM (Attribué à de)

38 — Fleurs.

Roses, tulipes, pivoine, fleurs des champs et branche de cerises dans un vase de cristal placé dans une niche de pierre.

Signé.

Toile : H. 0m52. L. 0m44.

HEEM (Cornille de)

39 — Nature morte

Un melon ouvert, des raisins, des pêches et des prunes sur une console.

Toile : H. 0m60. L. 0m47.

HEEM (Attribué à C. de)

40 — Bouquet de Fleurs.

Des roses, des jacinthes, une tulipe rouge dans un vase de cristal placé sous une niche de pierre.

Toile : H. 0m52. L. 0m44.

HERP (Gérard Van)

41 — Sujet biblique.

> Une princesse accompagnée d'une théorie de jeunes femmes jouent de divers instruments, vient à la rencontre d'un groupe de cavaliers bardés de fer et portant des étendards.
>
> Cuivre : H. 0^{m}55. L. 0^{m}69.

HOBBÉMA (Manière de)

42 — La Forêt.

> En forêt, sur un sentier qui longe une petite mare, un cavalier est arrêté et cause avec un paysan, auprès d'un tronc d'arbre abattu, gisant parmi des roseaux.
>
> Bois : H. 0^{m}59. L. 0^{m}82.

HOBBÉMA (Genre de)

43 — Le Chasseur.

> Un homme, le fusil sur l'épaule, accompagné d'une meute, suit un chemin à l'entrée d'un bois. Un moulin à eau occupe la droite de la composition.
>
> Toile : H. 0^{m}39. L. 0^{m}49.

HOLBEIN (Genre de H.)

44 — Portrait d'Erasme.

> De trois quarts à gauche, il est vu en buste, coiffé d'une barrette noire et portant des vêtements foncés garnis de fourrure.
>
> Bois : H. 0^{m}26. L. 0^{m}21.

HOOGH (Attribué à PIETER DE)

45 — La Cuisinière hollandaise.

En corsage noir, jupe rouge et tablier blanc, elle est debout devant une grande table, en train de couper par tranches les poissons qu'elle vient de laver dans un baquet posé sur un banc. Des ustensiles de cuivre sont suspendus aux murs de la cuisine dont la porte ouverte laisse voir une succession de pièces vivement éclairées par le soleil.

Toile : H. 0^{m}78. L. 0^{m}58.

HUGHTENBURG (JAN VAN)

46 — Une Bataille.

Des cavaliers s'entrechoquent au premier plan, où gisent pêle-mêle les chevaux renversés, les combattants désarçonnés. A gauche, un soldat poursuit à coups d'épée un homme qui fuit, les épaules chargées de butin. Du même côté, plus loin, sur une éminence boisée, a lieu l'attaque d'un convoi. A droite, la bataille se développe dans d'immenses champs de blé.

Bon tableau de l'artiste.

Toile : H. 0^{m}53. L. 0^{m}66.

HUYSUM (École de JAN VAN)

47 — Fleurs.

Roses, pivoines, tulipes, volubilis, œillets, assemblés en bouquets dans un vase, à côté de

raisins, de pêches et de prunes, sur une console
de pierre.

Toile : H. 0ᵐ78. L. 0ᵐ63.

HUYSUM (Genre de J. Vᴀɴ)

48 — Corbeille de Fleurs.

Roses, tulipes et pavots dans une corbeille
d'osier posée à côté d'un nid sur une console de
marbre.

Toile : H. 0ᵐ65. L. 0ᵐ55.

JARDIN (Attribué à Kᴀʀᴇʟ ᴅᴜ)

49 — Le Jeu de *la Morra*.

Sur le plateau d'une montagne où se dressent
des constructions en ruines, quelques soudards
sont arrêtés et jouent à *la Morra*, entourant un
tambour qui reçoit les enjeux. Un homme fait
boire les chevaux. A droite, une malle, des
armures et un étendard sont groupés contre la
roue d'un chariot.

Signé : *K. du Jardin.*

JARDIN (D'après Kᴀʀᴇʟ ᴅᴜ)

50 — Animaux.

Vaches, chevaux et moutons, dans un pré,
auprès d'une éminence plantée d'arbres.

Toile : H. 0ᵐ65. L. 0ᵐ45.

JORDAENS (Attribué à Jacob)

51 — Jupiter et Mercure chez Philémon et Baucis.

Les dieux sont attablés auprès de l'âtre, Philémon leur verse à boire et Baucis cherche à attraper l'oie qui se réfugie entre les jambes de Jupiter; à droite, un chat couché.

Toile : H. 0ᵐ80. L. 1ᵐ10.

KEERINCKX (Alexandre)

52 — Les Baigneuses.

Des nymphes se livrent aux plaisirs du bain, dans un cours d'eau bordé de roseaux, à l'entrée d'une forêt.

Les figures sont peintes par Poelemburg et le paysage par Keerinckx.

KOBELL

53 — Le Passeur.

Un cavalier, des vaches, des moutons et des chèvres, dans un bac qui approche de la berge.

Bois : H. 0ᵐ43. L. 0ᵐ60.

LAAR (Pieter de)

54 — Paysage et Animaux.

Auprès d'une cabane abritée sous les arbres, un cheval blanc dételé, quelques moutons cou-

chés, un âne chargé de balots et un chien noir
Un homme accroupi confectionne un paquet. A
droite, assise sur une éminence, une femme tenant
un enfant. Au loin, des vaches et des moutons,
dans un pré.

Bois : H. 0ᵐ58. L. 0ᵐ78.

LE SOURD DE BEAUREGARD

55 — Bouquet de Fleurs.

Fleurs de toutes sortes dans un vase étrusque
posé à côté de branches de lilas sur une console
de marbre.

H. 1ᵐ00 ; L. 0ᵐ80.

LIPPI (Attribué à FILIPPO)

56 — La Vierge et l'Enfant Jésus.

En robe rouge et manteau bleu, la Vierge sou
tient des deux mains, debout sur ses genoux,
l'Enfant Jésus, qui lui passe les deux bras autour
du cou. Fond de paysage.

Panneau : H. 0ᵐ70. L. 0ᵐ48.

LOO (École de VAN)

57 — La Toilette de Vénus.

Un amour soutient le miroir, un autre attache
les cothurnes ; trois nymphes posent dans la
chevelure des cordons de perles.

Toile : H. 0ᵐ47. L. 0ᵐ63.

LORRAIN (École de Claude)

58 — Paysage.

Dans la prairie, en avant d'un port de mer, paissent des vaches et des chèvres ; sur la gauche, une femme assise sur le gazon. A droite, les ruines d'un colisée s'aperçoivent entre des bouquets d'arbres.

Toile : H. 0m54. L. 0m74.

LUINI (Attribué à Bernadino)

59 — Madone avec l'Enfant.

La Vierge est vue à mi-jambes, de trois quarts, vêtue de rouge et assise devant une draperie verte. Elle donne le sein à l'Enfant Jésus, assis sur ses genoux. A gauche on aperçoit une campagne verdoyante.

Bois : H. 0m56. L. 0m44.

MARIO DI FIORI

60 — Bouquet de Fleurs variées, dans un vase d'orfèvrerie.

Toile : H. 0m68 ; L. 0m55.

MARTIN (Attribué à)

61 — Campement de troupes.

Au premier plan, des soldats entourent une cantinière.

Toile : H. 0m60. L. 0m70.

METSYS (Attribué à QUENTIN)

62 — Le Savant à l'étude.

Vieillard à barbe blanche, coiffé d'un bonnet rouge et enveloppé d'une robe de même couleur, assis devant un bureau, le doigt posé sur une sphère céleste. Sur le bureau, un livre ouvert sur un pupitre, un encrier, une trousse à écrire, un flambeau de cuivre, des mouchettes, etc.

Bois : H. 0m64. L. 0m56.

MIGNON (A.)

63 — Fleurs et Fruits.

Grappe de raisin, pèches sur leurs branches, poires, fruits divers et quelques fleurs, disposés en un élégant bouquet posé dans une niche de pierre.

Toiles : H. 0m68. L. 0m56.

MOLENAER (Attribué à KLAAS)

64 — Paysage d'Hiver.

Sur le canal gelé qui contourne les murs d'enceinte d'une ville de Hollande, des traineaux, de patineurs, des enfants. Contre le mur, des groupe de promeneurs et plusieurs chevaux.

Bois : H. 0m48. L. 0m63.

MOMMERS (Henri)

65 — Paysage et Animaux.

Auprès d'un petit hangar dressé contre un escalier de bois que descend un petit garçon portant une corbeille, une paysanne en corsage rouge et jupe bleue, agenouillée, trait une chèvre. Une autre villageoise emplit de légumes les bâts d'un petit âne. Une vache debout, une vache couchée, des brebis et des chèvres animent tout le premier plan. Au loin, une ville en amphithéâtre sur la pente de coteaux boisées se dessine sur les montagnes bleues qui ferment l'horizon. Ciel nuageux.

Important tableau du peintre.

MONNOYER (École de Baptiste)

66 — Fleurs.

Roses, tulipes, pavots, boules de neige, narcisses et autres fleurs, groupées dans un vase doré.

Toile : H. 0m88. L. 0m70.

MOREAU (Genre de)

67 — Le Bal champêtre.

Composition comprenant de nombreuses figurines.

Bois : H. 0m21, L. 0m33.

MURILLO (Attribué à Bartolomé Esteban)

68 — La Vierge et l'Enfant Jésus.

La Vierge, vue de face, en robe rouge, est
assise et soutient des deux mains l'Enfant Jésus
qui se presse contre son sein.
Figures de grandeur naturelle.
Œuvre remarquable de l'École espagnole.

NASMYTH (Attribué à Patrick)

69 — Paysage boisé.

Au bord d'un chemin montant, une femme
assise sur un tronc abattu cause avec un petit
garçon; plus loin un groupe de paysans est arrêté
devant une habitation qui apparaît à travers la
verdure.

Toile : H. 0^{m}46. L. 0^{m}56.

NEER (Eglon Van der)

70 — Présentation de Vénus aux dieux de l'Olympe.

Ce tableau a été catalogué anciennement, ainsi
qu'il suit :

« Au premier plan, Pluton et Proserpine pré-
posés à la garde de l'Achéron, d'où émergent
deux personnages dont les têtes sont couronnées
de verdure. Au second plan, plus à droite, Vénus
escortée de Cybèle, Cupidon et Vulcain qui la
présentent à Jupiter et à Junon, précédés et suivis

d'un paon et d'un aigle, symbole de la fierté et de
la puissance. Au-dessus du roi et de la reine des
dieux, un groupe composé de Neptune, Galathée
et d'une autre néréide ailée figurant le génie des
eaux. Plus à droite, Mercure et Diane avec ses
lévriers. Un peu au-dessus, Saturne enveloppé
dans un nuage et armée de sa faulx. En bas, à
l'extrémité à droite, Minerve avec Flore qui lui
indique d'un signe Vénus dont la beauté attire
tous les regards. Au centre de la composition,
au-dessus de Vulcain, on voit Mars, Cérès et
Bacchus au milieu des nuages. Enfin à gauche,
dans la partie la plus élevée, Apollon dirigeant le
char du Soleil, précédé par l'Aurore qui tient une
corbeille de fleurs. A gauche un paysage accidenté avec des constructions, des arbres et des
rochers au milieu desquels coule un torrent qui
se précipite dans les eaux du Styx.

« Tableau très capital et considéré, à juste
titre, comme une des plus belles pages du maître. »

Signé à gauche : Van der Neer.

Toile : H. 0m96. L. 1m46.

NEER (Attribué à Aart Van der)

71 — Paysage d'hiver.

Nombreux patineurs et traîneaux attelés de
chevaux, sur un canal gelé de la Hollande.
D'autres figures animent les berges couvertes de
neige. De chaque côté, des villages aux maisons de
briques rouges et des arbres profilant leurs bran-
chages sur un ciel sombre, plombé.

Toile : H. 0m60. L. 0m78.

NEER (Manière de Aart Van der)

72 — Canal de Hollande ; Soleil couchant.

Des habitations couvertes en chaume sont ran-
gées sur les deux berges d'un canal que sillon-
nent les bateaux de pêche. Au premier plan, des
vaches debout ou couchées.

Bois : H. 0m54. L. 0m78.

NEER (Genre de Aart Van der)

73 — Canal de Hollande ; Clair de lune.

Un batelier traverse des voyageurs.

Toile : H. 0m48. L. 0m72.

OMMEGANCK (Attribué à B.-P.)

74 — Pâturage.

Vaches dans une prairie sous la garde de deux
pâtres. A gauche, on voit une charrette de foin
sur une colline. A l'horizon, des moulins.

Bois : H. 0m20. L. 0m28.

OMMEGANCK (Attribué à)

75 — Paysage et Animaux.

En premier plan, une femme trait une vache.
A côté, d'autres vaches et des chèvres couchées
dans un pré. Plus loin, des bestiaux sont dissé-

minés dans les prairies, et, vers la droite, sur la lisière d'un bois, s'aperçoivent les vastes bâtiments de deux fermes.

Bois : H. 0^m45. L o.58.

OMMEGANCK (Attribué à)

76 — Marche d'animaux.

Sur une route, non loin d'un fleuve, arrive un troupeau composé de vaches, de chèvres et de moutons. Une femme, assise sur un âne, le frappe avec une baguette. Deux pâtres, armés de longs bâtons, ferment la marche. A droite, des rochers escarpés.

Bois : H. 0^m46. L. 0^m58.

OSTADE (Genre de A. Van)

77 — Intérieur de cabaret.

Quatre hommes et deux femmes, dans une sorte de grange, et un septième personnage debout sur la table et chantant une chanson à boire.

Toile : H. 0^m5o. L. 0^m63.

OSTADE (Genre de A. Van)

78 — Le Joueur de vielle.

Il est debout et joue de son instrument, à la grande satisfaction des paysans attablés devant un cabaret.

Bois : H. 0^m36. L. 0^m52.

OSTADE (Manière de A. Van)

79 — Extérieur de cabaret.

Les paysans boivent et fument, assis devant la porte du cabaret tapissée de festons de vigne. Un homme courtise une femme tenant une fillette par les mains, et, à gauche, contre une pompe, un petit garçon joue avec un chat.

Toile : H. 0^m49. L. 0^m40.

PATER (Genre de)

80 — Concert dans un parc.

Gracieuse composition de douze figures.

Toile : H. 0^m63. L. 0^m78.

PEETERS (Bonaventure)

81 — Marine; Tempête.

Des navires sont en détresse sur une mer en furie. A droite, un château-fort se dresse sur un îlot de rochers.

Toile : H. 0^m40; L. 0^m60.

PINTURICCHIO (Attribué à Bernardino)

82 — La Sainte Famille.

La Vierge Marie, les mains jointes, et agenouillée, contemple avec une tendre sollicitude l'Enfant Jésus étendu sur un tapis. A gauche, saint Joseph accoudé sur un fragment d'architecture.
Panneau de forme circulaire.

Diamètre : 0^m90.

POELEMBURG (Cornille)

83 — L'Assomption de la Vierge.

La Vierge en robe rose et manteau bleu, s'élève dans les cieux, au milieu d'une gloire d'anges et de chérubins.

H. 0ᵐ28; L. 0ᵐ24.

PONTORMO (Jacopo Carucci, dit Il)

84 — La Sainte Famille.

Vêtue de rose, une voile jaunâtre posé sur la tête et descendant sur les épaules, la Vierge est assise, tenant un livre d'heures de la main droite et soutenant de la main gauche l'Enfant Jésus assis à ses côtés, une main posée sur la sphère que surmonte une croix. Aux pieds de l'Enfant Jésus est assis le jeune saint Jean-Baptiste, vu de profil. Derrière le groupe, saint Joseph drapé dans un ample manteau, une main sur la poitrine, l'autre main tenant un bâton. Figures de grandeur naturelle.

Remarquable tableau, dans le style d'*Andrea del Sarto*.

Sur panneau parqueté.

POTTER (Attribué à Paulus)

85 — Troupeau de vaches; Temps d'hiver.

Onze vaches sous poils variés de couleurs, conduites par un pâtre, sont arrêtées, sur un pont, à l'entrée d'une ville de Hollande, aux maisons de briques rouges. Le sol et les toitures sont couvertes de neige. A gauche, l'entrée d'un bois. Au milieu du troupeau passe une femme portant un seau et tenant par la main un petit garçon.

Bois : H. 0m58; L. 0m84.

POTTER (D'après Paulus)

86 — Le Taureau.

Taureau blanc et noir debout contre un arbre. A gauche, couchés sur le gazon une brebis et un agneau.

Bois : H. 0m45. L. 0m34.

POTTER (Manière de Paulus)

87 — Animaux.

Deux vaches au bord d'un chemin sur lequel, au second plan, une paysanne trait une troisième vache.

Bois : H. 0m22. L. 0m26.

PYNACKER (Attribué à A.)

88 — Le Rendez-Vous de chasse.

Sur un chemin tortueux, au bord d'un ruisseau qui baigne le pied de grands arbres, les chasseurs sont arrêtés avec la meute; l'un d'eux montant un cheval blanc, sonne du cor. Au second plan, sur la route s'avancent un cavalier et un valet suivis de nombreux chiens. Au loin, une rivière serpente à travers une contrée boisée.

Toile : H. 0m90. L. 1m18.

RAPHAEL (École de)

89 — La Sainte Famille.

> L'Enfant Jésus, assis sur les genoux de sa mère
> et soutenu par sainte Anne, donne la bénédiction
> au petit saint Jean qui se prosterne, en tenant la
> croix de roseau.
> Composition pleine de grâce et d'un grand
> style.
>
> Bois : H. o^m5o. L. o^m4o.

RAPHAEL (D'après)

90 — La Sainte Famille.

REMBRANDT (École de)

91 — Le Réveil.

> Une jeune femme au lit, accoudée sur son
> oreiller, vient de s'éveiller et soulève un rideau.
> Figure à mi-corps.
> Toile cintrée par le haut.
>
> H. o^m8o. L. o^m65.

REMBRANDT (École de)

92 — Un Rabbin.

> Vieillard, à longue barbe blanche, en buste, de
> face, coiffé d'un turban et vêtu d'un manteau
> fourré, retenu sur la poitrine par une agrafe d'or.
>
> Toile : H. o^m77. L. o^m6o

RONTBOUT

93 — Les Dunes de Scheveningen.

Sur la plage, de nombreux groupes de petites
figures, pêcheurs, mariniers, bourgeois. A gauche,
le clocher qui domine les toitures du village.
A droite, la mer grise sous un ciel chargé d'épaisses
nues.

Bois : H. 0^m40. L. 0^m54.

RUBENS (Attribué à P.-P.)

94 — L'Enfant Jésus et le petit Saint Jean-Baptiste.

Saint Jean tourné de profil, la taille ceinte
d'une peau de mouton, présente l'agneau à son
divin Maitre qui se penche pour le caresser,
s'appuyant contre un arbre drapé de rouge. Fond
de paysage boisé et traversé par un torrent.
Figures en pied, grandeur nature.

RUBENS (École de P.-P.)

95 — Portrait d'Homme.

Personnage à barbe et cheveux blonds, vu de
trois quarts, le col enserré d'une fraise tuyautée
ressortant sur un pourpoint de soie noire. Figure
en buste, grandeur nature.

Toile : H. 0^m68. L. 0^m57.

RUBENS (École de P.-P.)

96 — Portrait de Femme.

> En buste, de face et à mi-corps, elle est vêtue
> de noir; la main droite tient un livre de prières;
> de la gauche, elle ramène sur la poitrine le bord
> de son manteau.
>
> Toile : H. 0^m86. L. 0^m74.

RUBENS (École de)

97 — Sainte Famille avec un Saint.

> Un évêque à barbe blanche, tenant la crosse et
> portant une chape richement brodée, gravit les
> marches du trône sur lequel est assise la Vierge,
> en robe rouge et manteau bleu. Elle vient de
> prendre l'Enfant Jésus dans un berceau; saint
> Joseph se tient debout à côté de la Vierge. Un
> ange porte la mître de l'évêque ; deux autres
> anges dans les airs apportent la couronne et la
> palme.
>
> Bois : H. 0^m56. L. 0^m48.

RUGENDAS

98 — Une Bataille.

> Au premier plan, des cavaliers s'attaquent avec
> furie. A droite, plus loin, arrive une troupe de
> fantassins, tambour en tête, étendard déployé.
>
> Toile : H. 0^m30. L. 0^m48.

RUYSCH (Attribué à Rachel)

99 — Bouquet.

Roses, tulipes, pavots et boules de neige dans un vase sphérique en cristal, posé sur une table.

Toile: H. 0ᵐ76. L. 0ᵐ60.

RUYSCH (Attribué à Rachel)

100 — Bouquet de Fleurs et Raisins.

Toile: H. 0ᵐ82. L. 0ᵐ65.

RUYSDAEL (Attribué à Jacob)

101 — Marine.

Un bateau de pêche, un trois-mâts et diverses embarcations naviguent en vue d'un port sur une mer agitée. Ciel nuageux d'une grande finesse.

Toile : H. 0ᵐ42. L. 0ᵐ58.

RUYSDAEL (Genre de J.)

102 — La Cascade.

Les eaux d'un torrent viennent se briser contre des rochers et forment une belle cascade qui occupe tout le premier plan. Plus loin, des paysans sont occupés à réparer une passerelle de bois.

Bois : H. 0ᵐ65. L. 0ᵐ52.

3

RUYSDAEL (Genre de J.)

103 — Paysage.

Sur la lisière d'une forêt, passent des vaches et des moutons.

Toile : H. 0m55. L. 0m65.

RUYSDAEL (Manière de SALOMON)

104 — Paysage de Hollande.

En avant, un fleuve que traverse un bac chargé de voyageurs. Plus loin, sur la berge, un moulin.

Bois : H. 0m21. L. 0m34.

SAINT-MARTIN (PAU DE)

105 — Paysage.

Un villageois couché par terre et une femme assise portant un enfant au maillot sont au repos sous un bouquet d'arbres qui se dresse au bord d'un étang où barbottent des canards. Au delà de l'étang, un troupeau passe devant une ferme.

Signé à gauche et daté 1777.

Bois : H. 0m55. L. 0m75.

SNYDERS (Attribué à FRANZ)

106 — Fruits.

Raisins blancs et noirs dans une corbeille, grenade ouverte, figues, pêches, prune, aiguière en vermeil ; le tout étalé sur une table de pierre.

Toile : H. 0m50. L. 0m60.

STEEN (Manière de JAN)

107 — La Joyeuse Réunion.

Huit personnes, toutes riant aux éclats, entourent une table où sont servies des pâtisseries. Une fillette tenant une aiguière d'étain fait boire, à même le goulot, un marmot emprisonné dans sa petite chaise de bois. Une servante verse à boire à un moine assis qui râcle du violon ; derrière lui, un jeune garçon souffle dans une cornemuse.

Toile : H. 0^m60. L. 0^m70.

STRY (Attribué à J. VAN)

108 — Pâturage.

Six vaches, quatre debout et deux couchées, dans un pré, au bord d'un canal de Hollande, sous un ciel chaud où s'amoncellent de gros nuages. Peinture dans la manière de CUYP.

Bois : H. 0^m56. L. 0^m74.

TERBURG (Attribué à GÉRARD)

109 — La Partie de Tric-trac.

Dans un salon, sous le manteau de la cheminée, deux jeunes seigneurs sont assis devant une table recouverte d'un tapis d'Orient et jouent au tric-trac. Deux dames, debout, l'une en corsage de soie bleue et jupe de satin blanc, suivent curieusement les phases de la partie.

Toile : H. 0^m59. L. 0^m48.

TENIERS (Attribué à David)

110 — La Lecture de la Gazette.

Assis devant une table, un jeune homme tenant
des deux mains un feuillet fait une réjouissante
lecture, si l'on en juge par la physionomie des
six personnes qui se pressent autour de lui.
A gauche, le cabaretier enregistre à la craie, sur
le mur, le nombre des consommations. A droite,
dans une seconde pièce, des paysans jouent aux
cartes.

Toile : H. 0^{m}55. L. 0^{m}70.

TENIERS (École de David)

111 — La Bonne Aventure.

A droite, au premier plan, sur un chemin tour-
nant, groupe de quatre bohémiennes, dont l'une
dit la bonne aventure à un vieux paysan appuyé
sur sa canne; à gauche, au second plan, un châ-
teau auquel on accède par un pont jeté sur une
rivière.

TENIERS (Genre de David)

112 — Le Corps de garde.

Des soldats, portant le casque et la cuirasse,
jouent aux cartes avec des paysans. Un personnage, coiffé d'un feutre et ceint d'une écharpe
rouge, s'approche du groupe, une chope à la
main. — A gauche, sur le sol, des pièces d'armure et une selle posée sur un banc; à droite,
un homme debout et deux autres assis, se tien-
nent sous le manteau de la cheminée.

Toile : H. 0^{m}52. L. 0^{m}66.

TENIERS (Manière de DAVID)

113 — Kermesse flamande.

A gauche, à la porte du cabaret, la table est servie, les paysans sont attablés et l'un d'eux découpe le jambon; au centre, on danse au son de la cornemuse. A droite au loin, l'église du village.

Bois : H. 0^{m}54. L. 0^{m}80.

TENIERS (Manière de DAVID)

114 — Danse villageoise.

Un joueur de flageolet assis sur un tonneau fait danser les paysans dans la cour d'un cabaret.

Bois : H. 0^{m}16. L. 0^{m}24.

TENIERS (Manière de DAVID)

115 — Un Marché aux Poissons.

Il y a foule au marché aux poissons qui se tient sur une place où se dresse une fontaine surmontée d'une statue de la Vierge, non loin d'une porte de la ville.

Bois : H. 0^{m}60. L. 0^{m}72.

TENIERS (Manière de DAVID)

116 — La Partie de Boules.

Des paysans jouent aux boules dans la cour d'un cabaret, enclose de planches; à gauche, la vue se porte sur une campagne traversée par un cours d'eau.

Bois : H. 0^{m}53. L. 0^{m}64.

TENIERS (Manière de DAVID)

117 — Le Berger.

> Debout sur une éminence, appuyé sur sa hou-
> lette, il surveille ses moutons qui paissent au
> bord d'une rivière.

> Toile : H. 0^m29. L. 0^m57.

TENIERS (Manière de DAVID)

118 — Les Joueurs de Boules.

> Bois : H. 0^m24. L. 0^m33.

TILBORCH (GILLES VAN)

119 — La Fête au Village.

> Les habitants d'un village flamand, hommes,
> femmes, enfants, sont réunis dans la grande rue
> et, assis sans façon par terre, ont presque tous à
> la main des verres ou des pots de bière; au centre
> de la composition, une femme tire la chaîne d'un
> puits délabré.
> Tableau de bonne qualité et d'un effet piquant.

TINTORETTO

120 — Jésus descendu de la Croix.

> Nicodème d'Arimathie soutient le corps inanimé
> du Christ, dont la tête, baignée d'ombre, s'incline
> sur une épaule et se détache sur un nimbe d'or.
> Peinture puissante et d'une rare énergie.

> Toile : H. 0^m70. L. 0^m52.

TOBAR (Alphonse-Michel de)

121 — L'Immaculée Conception.

« Debout, légèrement inclinée dans l'attitude de
la prière, les mains croisées sur la poitrine, vêtue
d'une robe blanche, d'une écharpe bleue et d'un
voile de gaze flottant au vent, appuyée sur le
croissant, soutenue par un groupe de huit anges
dont l'un tient une tige de fleurs d'iris et l'autre
une branche de lys, ayant au-dessous d'elle le
globe du monde et foulant à ses pieds le dragon
terrassé, la Vierge s'élève majestueusement vers
le ciel. Dans les nuages, au-dessus de sa tête surmontée d'une couronne d'étoiles, on aperçoit de
tous côtés des anges qui accompagnent dans son
ascension la mère du divin Sauveur. »

Peinture très gracieuse et tout à fait remarquable pour le charme du coloris et la souplesse
du pinceau. Elle ressemble à s'y méprendre à une
œuvre de Murillo sous le nom duquel elle a été
cataloguée antérieurement.

H. 1^m98. L. 1^m41.

UCHTERVELT (Jacques)

122 — La Toilette.

« Une jeune dame, en toilette de satin blanc,
lit une lettre pendant que sa camériste arrange
sa coiffure ; un chien épagneul est couché à ses
pieds. Au second plan, une servante, vue de dos,
porte des vases sur un plateau. A droite, une
chaise et une table que recouvre un tapis de
Turquie. »

Agréable tableau, d'une coloration distinguée

et d'une précieuse [exécution. 'Signé *Terburg*, à
qui il a été attribué.

H. 0^m86 ; L. 0^m75.

ULFT (J. Van der)

123 — Combat près d'un Pont.

De nombreux cavaliers costumés à l'antique,
combattent auprès d'un temple en ruines.

Composition comprenant une infinité de figurines d'un pinceau léger et facile. Signé en bas à
gauche.

Bois : H. 0^m30 ; L. 0^m48.

VASARI (Attribué à G.)

124 — La Sainte Famille.

La Vierge, sainte Anne et l'Enfant Jésus qui
embrasse le petit saint Jean.

Bois : H. 1^m00 ; L. 0^m73.

VELASQUEZ (Attribué à Don Diego)

125 — Portrait de Philippe IV.

En pied, grandeur nature, tourné de trois quarts,
tête nue, la main gauche sur le pommeau de
l'épée, tenant de la droite le bâton de comman-
dement. Il porte une demi-armure à bandes d'or
sur laquelle retombe une large collerette bordée
de guipure. La taille est ceinte de l'écharpe et il
est chaussé de bottes à éperons d'or.

VELDE (École de W. Van den)

126 — Mer houleuse.

Bois : H. 0m19; L. 0m26.

VELDE (Genre de W. Van den)

127 — Marine; temps calme.

Navire de haut bord, chaland et bateaux de pêche sur une mer unie. Sur la plage, en premier plan, des pêcheurs de crevettes. Ciel grisâtre où montent des nuées ensoleillées.

Bois : H. 0m38; L. 0m57.

VENNE (A. Van der)

128 — L'Embuscade.

A la sortie d'une forêt, dans un ravin, sont embusqués des cavaliers armés de mousquets. Le chef, en armure, montant un cheval blanc, donne des ordres.

Bois : H. 0m52. L. 0m40.

VERDIER (François)

129 — *Ecce Homo.*

Christ, vu en buste, la tête ceinte de la couronne d'épines, les regards élevés vers le ciel.

Toile : H. 0m65; L. 0m49.

WATTEAU (École de Antoine)

130 — Le Joueur de flageolet.

De profil, vêtu de soie changeante, coiffé d'un bonnet blanc enrubanné de rouge, il exécute un morceau de flageolet en présence de plusieurs jeunes femmes, élégamment habillées, groupées dans un coin de parc, sous les grands arbres.

Toile : H. 0ᵐ58. L. 0ᵐ72.

WOUWERMAN (Attribué à Philips)

131 — Un Campement.

Les tentes sont dressées dans un site montueux, traversé par une rivière. A droite, un officier, le verre à la main, cause avec un cavalier montant un cheval bai et ayant en croupe une jeune femme. Un cheval blanc sellé est debout devant une auge remplie de foin ; d'autres cavaliers, une servante tirant du vin à un tonneau, un mendiant, le chapeau à la main, complètent le groupe. Plus loin, vers la gauche, s'éloignent à cheval un homme et une femme portant un enfant. Des sol·dats sont assis par terre, devant une tente. Agréable composition d'un coloris brillant.

Toile : H. 0ᵐ57. L. 0ᵐ67.

WOUWERMAN (Attribué à Pierre)

132 — Marché aux Chevaux

Des seigneurs, revêtus des costumes élégants du milieu du xviiᵉ siècle, examinent les chevaux assemblés sur le champ de foire. A gauche, des tentes sont dressées à l'entrée d'un village au centre duquel se dresse la flèche du clocher. Composition comprenant une infinité de personnages.

Toile : H. 0m60. L. 0m78.

WYNANTS (Genre de)

133 — Paysage et Animaux.

Troupeau de vaches et de moutons dans un site montueux et boisé.

Toile : H. 0m45. L. 0m54.

ÉCOLE BELGE

134 — Animaux.

Deux villageoises traient les vaches dans un pré ; près d'elles, une chèvre et un chevreau.

Toile : H. 0m78. L. 1m02.

ÉCOLE BELGE

135 — Paysage et Figures.

La neige recouvre le sol et les toitures des cabanes qui occupent la gauche de la composition. A droite, des patineurs sur un canal gelé. Au loin, une ville se profile sur un ciel sombre éclairé des dernières lueurs du jour.

Toile : H. 0m50. L. 0m66.

ÉCOLE FLAMANDE (XVIᵉ SIÈCLE)

136 — Pieta.

> La Vierge debout auprès du Christ mort,
> étendu sur une draperie.
>
> Bois : H. 0ᵐ88. L. 0ᵐ67.

ÉCOLE FLAMANDE (XVIIᵉ SIÈCLE)

137 — Le Calvaire.

> Le Christ en croix et les deux larrons. A gau-
> che, les saintes femmes ; à droite, les bourreaux
> se partagent les vêtements.
>
> H. 0ᵐ34. L. 0ᵐ28.

ECOLE FRANÇAISE

138 — Amphitrite.

> Toile : H. 0ᵐ75. L. 0ᵐ80.

ECOLE ITALIENNE

139 — La Communion.

> A la porte d'un palais à colonnes, un prêtre
> donne le viatique aux malades.
>
> Toile : H. 1ᵐ20. L. 1ᵐ.

TABLEAUX MODERNES

ALLEMAND (Signé H.), 1858

140 — Mare en forêt.

Bois : H. 0ᵐ34. L. 0ᵐ52.

BERGUE (Tony de)

141 — Bords de la Méditerranée.

BONNINGTON (?)

142 — La Promenade en mer.

Etude : Toile : H. 0ᵐ25. L. 0ᵐ35.

BONNINGTON (Attribué à)

143 — La Plaine Saint-Denis.

Un charretier conduit un tombereau de pierres,
attelé de trois chevaux, dans un chemin creux.
A droite, des moulins à vent. Ciel pluvieux.

Toile : H. 0ᵐ36. L. 0ᵐ50.

BONNINGTON (Genre de)

144 — La Place Saint-Marc, à Venise.

Toile : H. 0^{m}50. L. 0^{m}70.

BONNINGTON (Manière de)

145 — Bateaux de pêche à marée basse.

Toile : H. 0^{m}58. L. 0^{m}88.

BONNINGTON (Genre de)

146 — Vue de Venise.

Aquarelle : H. 0^{m}28. L. 0^{m}20.

BRASCASSAT (D'après)

147 — Vache et Taureau au bord d'une rivière.

Toile : H. 0^{m}75. L. 0^{m}90.

CALAME (A.)

148 — Paysage.

Un chemin qui serpente à travers un pays plat, est bordé à gauche par un amoncellement de rochers d'où s'échappe une source.

Aquarelle : H. 0^{m}44. L. 0^{m}62.

CALAME (Genre de A.)

149 — Torrent à travers les rochers; Vue de
Suisse.

C. DE G. (Initiales)

150 — Pêches, Prunes et Raisins

Pastel d'après VAN DAEL.

H. 0m55. L. 0m45.

C. R. (Initiales).

151 — Maison de campagne.

Aquarelle : H. 0m22. L. 0m 30.

DECAMPS (Genre de)

152 — Scène d'Orient.

Groupe d'arabes campés dans les rochers à
proximité d'une mare.

Toile : H. 0m44. L. 0m68.

GÉRICAULT (Attribué à)

153 — Cheval de labour.

Esquisse : H. 0m26. L. 0m32.

GOURLIER (Paul)

154 — Berds de rivière.

Des bateaux de pêche sont amarrés à des fiches
près de la berge ombragée par de grands arbres.

Toile: H. 0m26. L. 0m44.

GUDIN (Attribué à)

155 — Marée montante.

Etude, Toile: H. 0m35. L. 0m58.

GUDIN (Attribué à)

156 — Marine.

GUDIN (Genre de T.)

157 — Marine.

Navire désemparé. Tempête près de la côte, au
soleil couchant.

Toile : H. 0m40. L. 0m65.

GUIGNET (Genre de)

158 — Paysage avec guerriers au pied d'un
rocher.

Toile : H. 0m20. L. 0m28.

GUY (Louis)

159 — Chien de chasse.

> Toile : H. 0m50. L. 0m72.

HOVE (Van)

160 — L'Écouteuse.

> Bois : H. 0m13. L. 0m12.

HUET (Genre de Paul)

161 — Cabanes dans les arbres.

> En premier plan, sur un îlot, deux fillettes et des canards.
>
> Toile : H. 0m42. L. 0m60.

JACQUAND (Claudius)

162 — Napoléon Iᵉʳ et l'Évêque.

> « L'empereur Napoléon avec quelques dignitaires de sa Cour a dîné chez l'évêque de..... Le repas terminé, le café est versé dans un riche service en argent, remarquablement ciselé. Installé dans un fauteuil, Napoléon exprime son admiration pour le magnifique service dont le travail ajoute au prix de la matière. — Sire, répond l'évêque avec humilité, c'est l'argent des pauvres. — Vous auriez pu leur en épargner la façon, dit l'Empereur. »
>
> Reproduction d'un article de catalogue, collé sur le châssis.
>
> Toile : H. 0m53. L. 0m45

4

KOEKKOEK (Genre de)

163 — Paysage.

> Bouquet d'arbustes sur un tertre, en avant d'un champ de blé.
>
> Toile : H. 0^m36. L. 0^m45.

LALANDE (L.)

164 — Tête de Chien dogue.

> Toile : H. 0^m34. L. 0^m25.

LAMBINET (E.)

165 — Le Champ de blé.

> Étude : H. 0^m21. L. 0^m31.

LE POITTEVIN (Attribué à Eugène)

166 — Village de Normandie, au bord de la mer.

> Toile : H. 0^m47. L. 0^m70.

MARAIS

167 — Vaches dans la prairie.

> Toile : H. 0^m64. L. 0^m78.

MARAIS

168 — Femme trayant une vache.

Toile : H. 0^m40. L. 0^m54.

MARAIS

169 — Vaches à l'abreuvoir.

Toile : H. 0^m40. L. 0^m55.

MARAIS

170 — Troupeau de moutons dans un pré.

Toile : H. 0^m38. L. 0^m66.

MARAIS

171 — Moutons.

Toile : H. 0^m40. L. 0^m54.

MARILHAT (Attribué à)

172 — Paysage d'Orient; soleil couchant.

Des voyageurs sont arrêtés auprès d'une mare,
à l'ombre de grands pins.

MÉNARD (R.)

173 — Vaches dans la prairie.

Toile : H. 0^m36. L. 0^m54.

MEYER (Signé L.)

174 — Bateau de pêche sur une mer agitée.

Toile : H. 0m84. L. 1m02.

ROBERT (Genre de L.)

175 — Environs de Naples.

Toile : H. 0m44. L. 0m58

SAAL (Signé G.) 1858

176 — Canal de Hollande, au clair de lune.

Vaches au premier plan.

Toile : H. 0m60. L. 0m85.

SAINT-JEAN (D'après)

177 — Fruits.

Des pêches, des prunes, des fraises posées sur des feuilles de choux, sur le sol, auprès de grappes de raisin muscat.

SCHEFFER (Attribué à)

178 — Mendiant aveugle avec deux enfants.

Toile : H. 1m30. L. 0m95.

TANNEUR

179 — Marine.

> Environs de Saint-Valéry, temps de pluie.
> Signé.
> . H. 0^m25. L. 0^m40.

ÉCOLE MODERNE

180 — Deux Chevaux de halage arrêtés sur la berge.

> Toile : H. 0^m53. L. 0^m43.

ÉCOLE MODERNE

181 — Lever de lune dans la montagne.

> Initiales et date 1858.
> Toile : H. 0^m30. L. 0^m50.

ÉCOLE MODERNE

182 — Le Torrent.

> Pendant du précédent.

ÉCOLE MODERNE

183 — Cours d'eau bordé de grands arbres.

> Toile : H. 0^m24. L. 0^m31.

184 à 193 — Dix Tableaux ou Dessins seront
vendus sous ces numéros.

GRAVURE

—

194 — La Comparaison, d'après Schall.

IMPRIMERIE MAULDE, DOUMENC ET Cie

144, RUE DE RIVOLI, — PARIS